Engin Korelli

Geboren am 8. April 1963 in Köşektaş (in Nevşchir TR). Er ging 1982 nach Paris und studierte dort Französische Literatur. 1991 immigrierte er nach Deutschland. 1993 erhielt er den Ömer Seyfettin (Öykü Ödülü) Literaturpreis für seine Erzählung „Liebe und Wein". 1994-1998 studierte er Volkswirtschaft, 1998-2001 studierte er Turkologie in Frankfurt am Main. 2000 veröffentlichte er die „Türkische Literatur- Kunst-Kulturzeitschrift"-AYRINTI, im Web. 2005 veröffentlichte er „Die Sprache der Anderen" (Lyrikband) beim Ekin-Verlag/Ankara. Heute arbeitet er als freier Autor in Frankfurt.

Engin Korelli
Die Fledermaus, die keine war

Die Orginalausgabe erschien 2008 unter dem Titel
»Yalancı Yarasa
Die Fledermaus, die keine war«
bei Edition Lingua Mundi
Frankfurt

Mehr Informationen und unser aktuelles Programm finden Sie unter:
www.edition-lingua-mundi.com
info@edition-lingua-mundi.com

CIP-Titelaufnahme der Deutschen Bibliothek
Alle Rechte: © Edition Lingua Mundi

I. Auflage April 2008

ISBN: 978-3-940267-04-7

Engin Korelli
Die Fledermaus, die keine war

Lektorat: Ursula Lichter

Mit Illustrationen von Esin Şahin, Ankara
Layout, Umschlag und Gestaltung: Christian Bitenc, Frankfurt.
Druck: Tiskárna Finidr, s.r.o. Český Těšín

Printed in the Czech Republic

Engin Korelli

Die Fledermaus, die keine war

Aus dem Türkischen ins Deutsche von
Safiye Can

Mit Illustrationen von
Esin Şahin

Edition Lingua Mundi

Es war schon etliche Jahre her seit die Fledermaus, die keine war, sich hier eingenistet hatte. Kurz nachdem die Fledermaus in dieses Haus eingezogen war, hatte Lidia jeden Abend mit ihr gespielt. Aber gleich zu Schulbeginn vergaß das kleine Mädchen sie fast ganz.

Die Fledermaus langweilte sich fürchterlich. Den lieben langen Tag musste sie an der Decke herum hängen. Es war jammerschade, dass sie nicht mehr wie früher nach Lust und Laune in dem Haus umher fliegen konnte. Darum waren ihre Flügel auch längst eingeschlafen, fahl waren sie geworden und hingen einfach nur schlaff herunter.

Seit Lidia zur Schule ging, musste sie früher zu Bett und konnte allenfalls einer einzigen Geschichte zuhören. Oft schlief sie schon mitten in der Geschichte ein und fragte sich am nächsten Tag, warum sie wohl immer nur das Ende der Geschichten vergessen hatte.

Eines Nachts tobte draußen ein furchtbarer Sturm. Das Pfeifen des Windes ließ die Fenster klappern. Der Wind prallte mit aller Wucht gegen die Scheiben und der Fensterrahmen knirschte. Dann begann die Decke zu beben und die Fledermaus bebte mit. Tatsächlich schwang sie hin und her. Sie schwang nach rechts, sie schwang nach links und sah von oben herab, dass Lidia süß und friedlich in ihrem Bett schlummerte.

Das Fenster hielt der Gewalt des Sturms nicht lange stand und ging im Nu sperrangelweit auf. Der Wind schlug mit Wucht gegen die Wand und fegte sämtliche Blätter und Zettel von den Regalen; er warf die Büchse mit den Malstiften vom Schreibtisch, stieß die Spielsachen um und riss alle Bilder von den Wänden ab. Lidia aber bemerkte von alledem nichts.

Verzweifelt versuchte die Fledermaus Lidia darauf aufmerksam zu machen. Doch sie schaffte es einfach nicht, ihre Flügel unter Kontrolle zu halten, sie so zu bewegen, wie sie es gerne gehabt hätte. Aber genau dieser Zustand machte ihr jetzt auch riesigen Spaß. Denn nun flog sie, allein mit Hilfe des Windes, und wünschte sich über alle Maßen, dass dieses Spiel nie ein Ende nehmen würde.

Da geschah etwas Unglaubliches: Die Fledermaus konnte sich nicht mehr kontrollieren und stieß gegen die Wand, wodurch sich der Faden, an dem sie die ganze Zeit hing, von ihrem Rücken löste. Beinahe wäre sie auf ihre Nase gestürzt.

Doch sie strengte sich an, schlug mit den Flügeln und hob erneut ab. Danach drehte sie einige Runden durch das Zimmer und genoss es, wieder fliegen zu können. Anscheinend hatte sie wieder Kraft in den Flügeln. Ihre Augen wurden groß und größer, sie wurden kugelrund und strahlten so richtig vor Begeisterung.

Als die Fledermaus so im Kinderzimmer umherschwirrte, war ihr auf einmal danach aus dem Fenster zu fliegen. So steuerte sie auf das Fenster zu und schwang sich schließlich hinaus in die dunkle, stürmische Nacht.

Sie flog dem Mond entgegen, der sich mal hinter den Wolken versteckte und dann wieder hervorlugte. Je näher sie dem Mond kam, umso weiter entfernte sie sich von der Stadt. Je mehr sich die Stadt von ihr entfernte, desto mehr leuchteten ihr die silbernen Mondstrahlen entgegen. Und je länger sie flog, umso vergnügter, umso begeisterter wurde sie. Die Lust am Fliegen wurde immer größer, ließ sich kaum mehr zügeln – und die Fledermaus vergaß schon bald alles andere um sich herum.

Plötzlich fand sich die Fledermaus, die keine war, in einem dunklen Wald wieder. Wenn sie auch versuchte, im Zickzack zu fliegen, um nicht gegen die Bäume zu stoßen, wenngleich sie wirklich ganz, ganz vorsichtig flog, so schauderte sie doch, denn alles, was sie im Wald sah, war ihr unheimlich.

Doch dann, mit einem Mal, entdeckte die kleine Fledermaus, die keine war, eine Eule. Die Eule hatte sich in einem Baum eingenistet und starrte sie mit ihren großen Augen eindringlich an. Sogleich schwang sich die Eule von ihrem Ast und flog auf die der Fledermaus zu. Die Fledermaus hatte aber noch mal Glück, denn unterwegs hatte sie schon eine dunkle Höhle entdeckt. Dort suchte sie jetzt Zuflucht. Und die Eule bemerkte rasch, dass sie die Fledermaus gar nicht so schnell einholen konnte und rief deshalb:

— *H e e e e y Fledermaus-Freund, wohin so eilig? Du siehst aus, als hättest du einen langen Weg hinter dir! Komm, lass uns Freundschaft schließen, trink doch etwas, ruh dich aus und flieg danach weiter deines Weges.*

Die Fledermaus jedoch erschrak fürchterlich und flog, ohne sich auch nur ein einziges Mal umzudrehen, weiter. Die Eule kehrte wieder auf ihren Ast zurück und murmelte ein wenig traurig vor sich hin:

— *Da bin ich ja ganz schön alt geworden. Früher war ich ganz anders! Ich war flinker als der Wind und schneller als der Blitz. Mir entkam nichts und niemand. Ja, niemand entkam mir!*

Der schlaue Fuchs, der am Baumstamm saß und auf Beute lauerte, sprach zur Eule:

— *Das ist ein ganz natürlicher Prozess, Schwester Eule! Er grinste sie schadenfroh an und meinte: So wird es uns allen mal ergehen! Gräm dich nicht! Wenn du Erfolg haben willst, fügte er besserwisserisch hinzu, musst du erstens geduldig sein, zweitens lange, lange warten und drittens genauso gut beobachten wie ich.*

Die Fledermaus fühlte sich einen Moment lang sicher. Nachdem sich ihre Furcht gelegt hatte, zog sie sich tiefer in die Höhle zurück, um diese zu erkunden. Sie entdeckte, dass es eine Tropfsteinhöhle war.

Von der Decke tropfte Wasser und jeder Tropfen gab einen satten, hallenden Laut von sich... *PLATSCH, PLATSCH, PLATSCH!* Dort, wo sich die Tropfen sammelten, war ein Tümpel entstanden. Das Wasser floss in die schmaleren Höhlenkanäle, die sich in der Tropfsteinhöhle gebildet hatten.

Und plötzlich – die Fledermaus traute ihren Augen kaum – waren da Hunderte von Wesen, die ihr ähnelten! Sie hingen da einfach an der Decke! Und alles ging sehr hektisch zu. Es wimmelte nur so von all diesen Geschöpfen. Einige flogen herein, andere drehten eine Runde und kehrten wieder zurück und wieder andere baumelten und schaukelten gemütlich vor sich hin.

Eines dieser Wesen jedoch, das gerade vorhatte in die weite Welt hinauszufliegen, erblickte die Fledermaus, umflog sie in anmutigen Kreisen, schlug ein paar Purzelbäume, machte mit den Flügeln batsch, batsch und wandte sich ihr zu:
— *Auf, komm mit mir, lass uns auf die Jagd gehen*, schlug sie vor.
— *Ich komme gerade von da draußen und konnte mich gerade noch vor der riesengroßen Eule retten*, antwortete die Fledermaus, die keine war.

Der Höhlenfledermäuserich war erstaunt:
— *Ja, aber,* lächelte er, *das hindert uns doch nicht, uns den Magen mit allerlei Grashüpfern zu füllen, die sich verhüpft haben.*

Die Fledermaus, die keine war, antwortete zögerlich:
— *Wenn wir Jäger spielen, könnten wir doch am Ende selber gejagt werden!*

— *Das ist das Gesetz des Waldes*, entgegnete der Höhlenfledermäuserich, *wenn du nur einen kleinen Augenblick nicht aufpasst, wirst du gefressen und sitzt prompt als Nachtisch im Magen von so einem Biest. Das kann niemand verhindern. Falls du aber mit mir kommst, kann ich dir das eine oder andere Geheimnis verraten, das dir ein Leben lang helfen könnte.*

Obwohl die Fledermaus von diesem Abenteuer nicht sonderlich begeistert war, hatte sie keine andere Wahl: Sie kannte ja niemanden in dieser großen Höhle und hatte auch keinen einzigen Freund. Am besten, dachte sie, nehme ich den Vorschlag dieses netten Höhlenfledermäuserich an und richte mich nach ihm.

— *Nun gut, ich komme mit,* sagte sie und zog ihre haarige, lange Nase hoch. Gemeinsam machten sie sich auf durch die engeren Schluchten der Höhle in die Dunkelheit hinaus.

Draußen hatte sich der Wind ein wenig gelegt. Der Vollmond leuchtete silbern und tauchte den ganzen Wald in sein milchiges Licht. Der neue Freund der Fledermaus flog neben ihr her und gab merkwürdige Laute von sich. Das war ja dieses *batsch, batsch, batsch!* Die Fledermaus, die keine war, flog in einem rasenden Tempo: Augen zu und durch - immer der Nase nach. Doch wie sehr sie auch mit den Flügeln schlug, sie schaffte es einfach nicht, diese *batsch, batsch, batsch* Klänge von sich zu geben. Das verstand sie nicht. So sehr sie auch dieselben Laute von sich geben wollte, so viel Mühe sie sich auch gab, das wollte ihr einfach nicht gelingen! Das verunsicherte die Fledermaus zwar, aber dennoch steigerte sie ihre Geschwindigkeit, flog ihrem neuen Freund hinterher und versuchte diesen eifrig nachzuahmen. Es war unmöglich den richtigen Kurs zu finden, wenn man mit geschlossenen Augen flog.

Der Höhlenfledermäuserich schnappte sich einen Nachfalter, der gerade umherflatterte, und fragte:

— *Wieso jagst du denn nicht?*

— *Keine Ahnung, antwortete die Fledermaus, die keine war, vermutlich habe ich keinen Hunger!*

Genau in diesem Moment passierte etwas Schreckliches:
Die Eule, die noch immer auf ihrem Baum lauerte, stürzte sich plötzlich auf die Höhlenfledermaus. Die Fledermaus, die keine war, sah ihren neuen Freund in Gefahr, nahm ihre ganze Kraft zusammen und flog auf die Eule zu. Es war, als hätte sie sich auf einmal in einen Ritter verwandelt, der keinerlei Furcht kannte und sich heldenhaft der Gefahr stellte. Man konnte doch den einzigen Freund in einer so großen Notlage nicht allein lassen!

Ohne auch nur eine Sekunde Zeit zu verlieren, schlug die Fledermaus, die keine war, heftig mit den Flügeln und schnappte mit ihren starken Krallen nach der Eule, um ihren Freund zu retten, der bereits ganz hilflos *Tschiak, tschiak!* kreischte. Die Eule wusste gar nicht, wie ihr geschah, ließ aber den erbeuteten Fledermäuserich aus ihren Klauen fallen und bangte nun mehr um ihr eigenes Leben. Fast wäre sie auch schon zu Boden gestürzt, doch sie versuchte sich noch im letzten Moment mit den Klauen an der Rinde eines Tannenbaums festzuhalten, konnte allerdings ihr Tempo nicht drosseln und überschlug sich ein paar Mal. Schließlich durchbrach ihr heftiger Aufschrei die Stille des Waldes und sie plumpste wie ein *Kartoffelsäckchen* neben dem Fuchs zu Boden.

Der Höhlenfledermäuserich hatte zwar einen Riesenschreck bekommen, war aber doch recht glücklich, eine so furchtlose Kameradin gefunden zu haben.

Der Fuchs grinste wieder schadenfroh und sprach:

— *Schwester Eule, du hast wohl nicht ganz begriffen, was ich dir heute früh sagte!*

— *Behalte deine Kommentare für dich, du oberschlauer Fuchs, du! Das wäre für uns beide gesünder,* erwiderte die Eule, indem sie »**OBERSCHLAU**« ganz besonders giftig betonte.

Das verschlug dem Fuchs die Sprache. Er stotterte etwas vor sich hin, aber kein Wort war zu verstehen. Dann ließ er bestürzt seinen langen Schwanz hängen und schlich tapsig wie ein Miezekätzchen davon.
Die Eule konnte noch immer nicht verstehen, was ihr geschehen war und murmelte:

— *Nee, nee, ich glaube, das ist heute so gar nicht mein Tag!*

Dann verließ sie beleidigt ihren Wachposten neben dem Höhleneingang. Die Flügel und Beine schmerzten ihr noch. Sie flatterte tiefer in den Wald hinein und ward nicht mehr gesehen.

Die Fledermaus, die keine war und ihr neuer Freund flogen erschöpft, aber vergnügt zur Höhle zurück. Die Erlebnisse dieser Nacht reichten ihnen völlig aus. Darum schien es ihnen am besten, bis zur nächsten Nacht friedlich in der warmen Höhle zu schlafen und sich zu erholen.

Aber dann – ganz schlagartig fiel der Fledermaus, die keine war, auf, dass sich der Wind fast gelegt hatte, und die Angst beschlich sie. Sie musste jetzt schnurstracks wieder nach Hause zurück! Als ihr neuer Freund gerade in die Höhle fliegen wollte, rief sie ihm hinterher:

— *Ich fliege nach Hause!*

— *Was soll das heißen* – »*ich fliege nach Hause?*«, fragte der Höhlenfledermäuserichfreund.

— *Ähm*, murmelte die Fledermaus, die keine war, ein wenig verlegen, *ich komme aus der Stadt dort hinten. Da ist mein Zuhause. Und das hier ist ein Ort, der mir Angst macht!*

Als die Fledermaus, die keine war, heimwärts flog, fühlten sich ihre Flügel wie taub an. Die Kraft, die sie hatte, als sie in den Wald geflogen war, war weg. Der Himmel hellte sich allmählich auf. Statt des Glanzes von Mond und Sternen herrschte dichter Nebel. Die Lichter der Stadt waren erloschen. Nur hier und da waren ein paar Menschen zu sehen. Die Fledermaus flog mit letzter Kraft durch die Straßen. Sie wusste nicht, wie sie Lidias Haus finden sollte. Aufgeregt flog sie durch alle Straßen und suchte nach einem offenen Fenster. Sie hatte schon in der ganze Stadt gesucht, aber vergeblich: Da gab es kein einziges offenes Fenster!

Was sollte sie jetzt bloß tun? Sie wusste sich keinen Rat

Und dann sank sie auch schon mit kraftlosen Flügeln langsam zu Boden. Sie hatte es nicht geschafft! Nun stürzte sie völlig ab und prallte auf die Erde.

Am nächsten Morgen war ein Kind mit seiner Mutter auf dem Weg in den Kindergarten. Die Mutter rief dem Kind zu:

— *Och, Ediz, trödel doch nicht so rum, ich komme zu spät zur Arbeit!*

Ediz war stehen geblieben und hatte sich gebückt, um ein Spielzeug aufzuheben, das auf dem Boden lag.

— *Mama, Mama, ich habe eine Fledermaus gefunden!*, rief er.

Die Mutter kam zurück, schaute sich das Spielzeug an und sagte:

— *Tatsächlich, es ist eine Fledermaus. Hast du ein Glück, Ediz! Wolltest du nicht schon immer eine Fledermaus zum Spielen haben? Schau, nun ist sie dir von alleine zugeflogen!*

— *Aber Mama, sieh doch mal,* sagte Ediz, *die Flügel der Fledermaus sind gebrochen.*

Ediz' Mutter nahm das Spielzeug in die Hand, musterte es und sagte:
— *Ich glaube, sie hat in der Dunkelheit mit einer Eule gekämpft.*

Und sie zupfte mit der Hand eine Feder ab, die am linken Flügel der Fledermaus hängen geblieben war und hielt sie Ediz hin. Es war die Feder einer Eule.

— *Wenn wir im Kindergarten angekommen sind, müssen wir ihren Flügel unbedingt verbinden. Aber jetzt beeil dich!*

Yokoko - Eine wundersame Reise
von Özlem Sezer
mit Illustrationen von Ozan Küçükusta.

Deutsch. ISBN: 978-3-940267-03-0
Dt.-Türkisch. ISBN: 978-3-940267-00-9
In Vorbereitung:
Dt.-Polnisch. ISBN: 978-3-940267-18-4
Dt.-Spanisch. ISBN: 978-3-940267-11-5
Dt-Serbisch. ISBN: 978-3-940267-29-0
Dt-Arabisch. ISBN:978-3-940267-27-6
Dt-Persisch. ISBN:978-3-940267-31-3
Dt-Italienisch. ISBN:978-3-940267-32-0

Eines Nacht als der Wind nur so durch die Bäume fegt und drinnen im Haus ein warmes Kaminfeuer knistert, öffnen sich die kleinen Hände des schlafenden Kindes und seine Kreiselkärtchen, die er immer bei sich trägt, fallen zu Boden. Von ihnen kullern nun die winzige Ungeheuer herab und befreien sich so von ihren Pappkärtchen.
Und dann beginnt eine große abenteuerliche Reise für die kleinen Monster- Helden:
Sie durchstreifen einen dunklen Wald, wohnen in einem Stück Käse, begegnen einem Feuerdrachen und einer riesengroßen Katze.
Gemeinsam entdecken sie auch eine große Stadt und schließlich auch YOKOKO.
Ja, aber wer oder was ist denn eigentlich YOKOKO? Was das wohl bedeutet?

Eine Lesereise für Kinder von 4-9 Jahren.

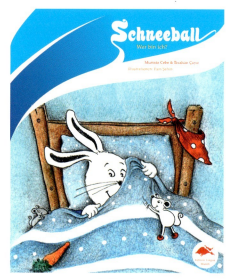

Schneeball - Wer bin ich?
von Mustafa Cebe und İbrahim Çayır
mit Illustrationen von Esin Şahin

Deutsch. ISBN:978-3-940267-02-3
Dt.-Türkisch. ISBN: 978-3-940267-01-6
Dt-Russisch: ISBN 978-3-940267-19-1
Dt-Arabisch. ISBN:978-3-940267-26-9
In Vorbereitung:
Dt.-Polnisch. ISBN: 978-3-940267-20-7
Dt.-Spanisch. ISBN: 978-3-940267-21-4
Dt-Serbisch. ISBN: 978-3-940267-22-1
Dt-Kroatisch. ISBN: 978-3-940267-23-8
Dt-Griechisch.ISBN: 978-3-940267-24-5
Dt-Italienisch. ISBN: 978-3-940267-33-7
Dt.Englisch. ISBN: 978-3-940267-13-9
Dt-Französisch. ISBN: 978-3-940267-14-6
Dt-Persisch.ISBN: 978-3-940267-25-2

Schneeball, ein schöner weißer Hase, fällt eines Tages beim Spielen in ein Schlammloch und wird danach von seinen Hasenfreunden nicht mehr als Hase wieder erkannt.
Auf der Suche, wer er denn nun eigentlich sei, begegnet er Igeln, Eichhörnchen, Bären und Fischen.
Beim gemeinsamen Spielen gewinnt er neue Freunde. Ob er dabei auch erfährt, wer er denn nun eigentlich ist?

Ein Bilderbuch für Kinder von 3-6 Jahren